AF236711

Kröskenskisten
Band 4

Von Anja Rosok

Bücher mit dem Titel „... ***Beziehungskisten*** ...“ gibt es mehrere. Eine Alternative musste her.

Ein „Krösken“ ist ein Verhältnis, eine Liebelei, im unbefangenen Sinn eine Beziehung, meist heimlich, verborgen, im stillen Kämmerlein ausgelebt.

In den ersten Bänden der Kröskenskisten spielten die Affären im Frühling (I), Sommer (II) und im Herbst (III). In diesem Band wird es winterlich. Denn, wenn es draußen kalt wird, geht es drinnen heiß her. Oder etwa nicht?

Natürlich sind dies fiktive Geschichten.

Alle Charaktere, Namen, sämtliche Orte, Handlungen und Dialoge sind frei erfunden. Ähnlichkeiten mit lebenden oder verstorbenen Personen und ihren Reaktionen sind rein zufällig und von der Autorin nicht beabsichtigt.

Viel Vergnügen bei den heißen Winter - Kröskens.

 -lichst

Anja Rosok

Kröskenskisten

Kurz (-e Beziehungs-) Geschichten
Band 4

Von Anja Rosok

Bibliografische Information der Deutschen
Nationalbibliothek: Die Deutsche Nationalbibliothek
verzeichnet diese Publikation in der deutschen
Nationalbibliographie; detaillierte Daten sind im Internet
über http://dnb.dnb.de abrufbar.

1. Auflage, August 2021

Herstellung und Verlag:
BoD - Books on Demand, Norderstedt

ISBN: 978-3-7543-2482-0

auch als *e-book* erhältlich

Inhalt

Das verfluchte Betttuch

Schamlos wälzen sie sich im Betttuch.
Es klopft der Kurier.

Das ist mein Gemahl.
Geliebter, wohin mit dir?

Die Truhe als übliche Wahl
Ist zu klein für den 2-fach geschiedenen Knaben,
groß wie ein Baum.

Sag, Liebste, lässt er mich einfach davontraben?

Das glaub ich kaum.
Seine Ehre wird es ihm nicht erlauben.
Selbst stetig in Lohn und Brot
ist er in gutem Glauben.
Wenn er´s wüsste, wären wir beide tot.

Sie kämpfen mit den Fellen, Laken, den Leinen,
verheddern sich darin mit ihren Beinen,
stürzen vom Lager.

Sie ist sehr, sehr mager.

Er plumpst direkt auf ihr Genick.
Die Wirbelsäule liegt im Knick.
Vom Hocker kreiselt der Ehering,
fällt zu Boden mit endgültigem *Pling*.

Sie so zu sehen, ist zum Haare Ausraufen.
Für den geschiedenen Knaben gibt es kein
Fortlaufen,

denn in der Tür
steht der Kurier.

Es ist der Gemahl höchstpersönlich.
Sein Ausdruck weniger als versöhnlich.
Er kommt direkt im Dienst,
ist quasi bei der Arbeit.

Heute hätte er zwischendrin Zeit,

das zu tun, was grad geschah.

Er trauert:

Das ist einfach nicht wahr.

Das ist schon meine Dritte.

Sie liegt tot in unserer Mitte.

Ich rase, ich spüre, ich habe wilde Lust.

Du! Du vertreibst mir jetzt den Frust!

Mit einem Schritt ist er beim Knaben.

Seine Finger bereits am Rücken graben.

Fest umwickelt er ihn mit dem Tuch.

Fremdgehen weckt diesen vermaledeiten Fluch.

Wer Unzüchtiges denkt, den muss ich belehren.
Eine Aufklärung will ich euch nicht verwehren.
Wenn du magst, findest du sie gleich unter „Eifersuchtstaten".
Ansonsten fahre hier fort. Der Bezug ist später noch gegeben.

Winterliches Treiben auf der Burg

Es waren einmal ein König und eine Königin, die lebten auf einer Burg.

Als der Winter kam, legte sich eine Schneedecke über die Felder, Wälder und Wege.

Darüber freuten sich die Burgbewohner. Doch nach einigen Wochen wurde die Kälte schneidender und schien nicht enden zu wollen.

Da der König sie angehalten hatte, sparsam zu sein, genügten ihnen die Vorräte.

Eines Tages befahl er, einzig und allein die Feuerstelle im großen Gewölbekeller anzufachen. Dort sollten sie zusammenkommen und sich wärmen, wenn ihnen danach sei. So reiche ihnen das Holz und niemand müsse sich hinaus aus den geschützten Mauern wagen.

Das taten sie.

Die Tage wurden bitterkalt, die Ansammlungen nahmen zu und die Geschichten, die sie sich am wärmenden Feuer erzählten, wurden von Nacht zu Nacht verruchter.

In einer Nacht ließ der König ihnen ein Fass aus dem Weinkeller hinüberrollen und hörte bis zum

Morgengrauen ihr Gelächter oben in seinen Gemächern.

Bereits vor Sonnenaufgang schlich die Kammerzofe zur Königin.

„Meine Königin, der Wein hat die Zungen gelockert", sagte sie, „verruchte Geschichten erzählten sie. Über euch, meine Königin, und euren Gemahl, den König. Das tut dem Reich nicht gut."

„Sprich!", befahl die Königin.

„Wie könne die Königin einen König lieben, der nicht die Manneskraft eines Ritters hat? Gewiss sei das der Grund für den ausstehenden Thronfolger. Der stattlichste Ritter unter ihnen hatte sich dem Gesinde angepriesen. Er würde sich euch, meiner Königin, zur Verfügung stellen, damit die Erbfolge gesichert sei."

Mit angedeutetem Knicks bat die Zofe um Vergebung für diese frevelhafte Kunde.

„Fahre fort!", verlangte die Königin.

„Zwei Dirnen boten sich an, dem König die Kunst beizubringen, mit der er jedes Weibsstück beglücken könne, sodass dieses sich nach Verlangen nur so zerreiße. Gewiss wäre das der Grund, dass ihr, meine Königin, ihm den Spross

vergönnt. So sprachen sie. Niemals habe der
König ihnen nachgestellt oder sich gar an einem
anderen Weibe in der Kunst geübt. Sie wagten
anzuzweifeln, dass er sich mit euch, meiner Königin, vergnüge. Verzeiht mir die Kunde. Aber der
Wein tat ihnen nicht gut."

„Das sei dir gewiss! Wein fürs Gesinde ohne
Zugegensein des Königs wird es in seiner Regent-
schaft nicht mehr geben. Zu laut waren die
Gesänge. Mein Gemahl hat kein Auge zu getan.
Alsbald er sich am Nachmittag erheben wird,
werde ich um eine Audienz bitten. Macht euch
keine Sorgen."

Der König, der sehr belesen war und keinesfalls
dumm, schickte nach den zwei Dirnen.
Sie sollten ihm die Kunst des Weibesglückes vor-
führen. Er verbot ihnen allerdings, an ihm, dem
König, Hand anzulegen. Er ließ sie um sich selbst
herumspringen und das tun, was sie so tun, um
glücklich zu sein. Er selbst nahm Feder und
Papier.
Als die Dirnen, im Glücke erschöpft, darum
baten, gehen zu dürfen, forderte er sie auf, das
Gleiche erneut zu tun und wieder und wieder. Er
sei noch nicht fertig mit seinem Aufschrieb.

Sie taten es, bis sie nahe daran waren, den Verstand zu verlieren.

Zeitgleich war der stattliche Ritter in die Gemächer der Königin zitiert worden. Er solle ihr seine Manneskraft unter Beweis stellen. Die Königin hatte mit der Kammerzofe das Lager bereitet.
Sie befahl ihm nun, sich der Kleider zu entledigen und unter die Leinen zu schlüpfen. Sie käme, sobald sie so weit sei.
Als der Ritter die Leinen lupfte, um hineinzuhüpften, erstarrte er.
„Hat er es sich anders überlegt?", erkundigte sich die Königin. „Wärme das Lager, bis ich bereit bin!", befahl sie.
Widerwillig setzte er einen Fuß darauf und schrie sogleich. Er kreischte in den höchsten Tönen, als die ersten Spinnen an seinem Bein emporkrabbelten.
Die Königin wies auf die Kissen.
Doch der Ritter lag kaum, da sprang er auf, rannte, wie er erschaffen worden war, durch die Kemenate und suchte sein Schwert. Wieder und wieder schlug er zu. Die Spinnen an ihm waren haarig und flink.

Die Königin tadelte den Ritter für seine Tat. „Wie soll ein Mannsbild eurer Gestalt ein Weib beschützen, wenn ihr gar Angst vor Spinnen habt? So wollt ihr Mut und Tapferkeit unter Beweis stellen? Schämt euch einen Spross eures Gleichen zeugen zu wollen!"

In dem Moment tat er das, was zu befürchten war.

Noch in derselben Nacht waren der König und die Königin beieinander im königlichen Gemach. Sie kuschelten sich aneinander auf den Fellen vor dem Kamin.

„Dies´ Gedicht, meine Holde, habe ich dir heute geschrieben, während um mich herum die Flei-scheslust tobte."

Er zog die Papierrolle auf.

Die Königin schmiegte sich an ihn, lauschte seinen Reimen und schlief glücklich ein.

Gezeiten der Liebe

Liebe ist wie

Frühling

Sommer

Herbst

dann

Winter

Dicker Kummerspeck

Wohlig warm ist die Wohnung im Winter.

* Ich bin zurühück!

~ *Jetzt schon? Habe sie so früh nicht erwartet. Uh, Kälte bringt sie mit.*

* Wo bist du?

~ *Na, wo soll ich schon sein?*

* Willst du ein Lecker-Lecker?

~ *Immer muss ich fressen, wenn sie heimkommt.*

* Kohomm! Na, komm schon! Wo bist du denn?

~ *Soll ich sie suchen lassen?*

* Komm doch bitte!

~ *Gähn.*

* Ich habe uns beiden etwas besonders Feines mitgebracht.

~ *Uns? Wollte sie nicht essen gegangen sein?*

* Das gönnen wir uns. Und von wegen auf die Linie achten! Nie mehr! Der kann uns mal!

~ *Wie nach der letzten Trennung. Alles klar: Wir hassen ihn!*

* Komm!

~ *Also, mein Typ ist wieder gefragt. Will ich?*

* Bitte, komm! Nicht du auch noch!

~ *Will mal nicht so sein. Es war langweilig zuvor.*

* Na, da bist du ja. Du freust dich richtig.

~ *Und wie ich mich freue. So merkt sie nicht, was ich angestellt habe.*

* Schau! Das ist fein. Das wird dir schmecken.

~ *Das ist wohl wahr. Und das ist alles für mich?*

* Nicht so gierig, mein Dicker.

~ *Ich muss dir die Freude machen, sonst ...*

* Was ist das hier? Wo warst du wieder?

~ *Sie hat es entdeckt!*

* Sollst du das? Überall Haare!

~ *Nicht nur meine.*

* Komm mal her!

~ *Lieber den Kopf ins Essen stecken.*

* Aber wacker!

~ *Langsam, ganz langsam. Nichts übereilen. Der Weg ins Schlafzimmer ist lang.*

* Jetzt! Hier hin! Sofort!

~ *Trödeln. Ohren anlegen. Faltenblick-Trick.*

* Was hast du gemacht? Darf man das? Wie oft haben wir dir das gesagt? Das ist unser ... Nein! Einzig und allein meins. Niemand ... niemand ... wird jemals wieder ... Verstehst du?

~ *Sie ist richtig verletzt. Los: Einen Satz zur Seite, den Schmerzensschrei ausstoßen, dann humpeln.*

* Ach, mein Dicker. Das wollte ich nicht. Du kannst nix dafür. Zeig mal her! Tut dir was weh?

~ *Wehleidig den Blick senken. Die Pfoten lecken.*

* Du hast überall Essen. Wir machen dich erst einmal sauber. Nachher bürste ich dich gerne.

~ *Muss mir wohl wieder die Prozeduren gefallen lassen.*

* Wenn ich dieses Bett frisch bezogen habe, machen wir es uns auf der Couch gemütlich. Nur wir beide. Hörst du? So, wie früher. Wir beide!

~ *Ich geh´ dann schon mal vor.*

Wohlig warm ist es mit ihr im Winter.

Geschmäcker sind verschieden

Gestern kaufte ich ein Brot.

Heute decke ich den Tisch,
hole Butter aus dem Kühl-
schrank, streue

Chili und Knoblauch darauf.

Morgen werde ich gewiss
alleine sein.

Der Nachtisch

„Wir nehmen einen Malbec, einen Guten. Bitte den besten Rotwein, den Sie haben. Als Entradas Gambas Al Aljillo. Sie haben doch Shrimps? Gut! Dazu den grünen Salat mit Palmenherzen, Orangenstücken, Rosinen, Walnüssen und Artischocken."

Er blickte seine Begleitung an. „Glaube mir. Die Gorgonzolastücke darauf, die Zwiebeln und die Eier geben dem Ganzen das, was es braucht."

Zur Kellnerin gewandt fuhr er fort: „Als Haupt-speise wählen wir ein Bife de Chorizo. Bitte ein herzhaftes Stück Fleisch, saftig und würzig, mit dem typischen Fettrand. Heute das Original bitte!" Er zwinkerte ihr zu.

„Der Nachtisch soll eine heiße Schokolade sein. Was magst du? Schoko, Chili, Orange, Minze, Zimt oder Kardamon? Ach, machen Sie alles. Eine temperamentvolle Mischung, wie es sich gehört. Haben Sie das?"

Die Kellnerin nickte. Mit einer temperament-vollen Drehung verschwand sie.

„Morena, es lohnt sich nicht, ihm nachzutrauern. Sieh, was ich dir bieten könnte. Wann hast du eigentlich Urlaub geplant? Ich könnte schauen, ob ich für uns zwei Wochen Argentinien buchen kann. Nur wir beide. Raus aus der Kälte. Sonne tanken. Sag, wo sollen wir dort hin? Was meinst du?"

Sie überlegte, was sie sagen sollte.

Die Kellnerin kam mit dem Wein und lenkte die Aufmerksamkeit auf sich.

Er probierte, nickte ab und prostete ihr zu.

„Morena, dein Peter hat nicht eine deiner Tränen verdient. Trübe für ihn nicht deine wunderschönen braunen Kulleraugen, meine Liebe. Er ist es nicht wert." Er strich ihr durch das glatte schwarze Haar. Die Vorspeise kam.

Sie roch extrem nach heißer Knoblauchsoße. Er atmete tief ein und verdrehte zur Freude der Kellnerin die Augen. „Danke", hauchte er. Sie lächelte und berührte ihn an der Seite, während sie die ovalen Schälchen auf den Tisch stellte.

„Die Shrimps sind größer als die, die du in den Snackbuden an jeder Ecke bekommst. Das ist wirklich ein Original", lobte er die Vorspeise und genoss jede einzelne Garnele.

Mit dem Brot sog er die Knoblauchsoße auf. Ungeniert leckte er die Finger ab, bevor er das

Schmunzeln der Kellnerin sah und sich dann mit der Serviette den Mund abtupfte.

„Morena, du musst ihm zeigen, dass er so nicht mit einer Frau wie dir herumspringen kann. Er ist ein Dreckskerl."

Die Kellnerin brachte den Salat mit den Gorgonzolastücken. Die leeren Schälchen stellte sie ineinander und führte sie an seiner Nase vorbei. Er blickte der Kellnerin nach, die lieblich roch. Plötzlich fühlte er sich ertappt und wandte sich seiner Kollegin zu. Sie hatte das Gesicht verzogen, nachdem sie sich ein Stück Orange mit Käse in den Mund geschoben hatte.

„Der Salat muss diesen Kontrast haben. Einen Kontrast, den es in jeder Beziehung gibt. Wie, wenn zwei Mentalitäten unterschiedlicher Herkunft aufeinandertreffen. Bei den einen kann es gut gehen." Er strich ihr über den Handrücken. „Die anderen haben es nicht verdient."

Sie griff zur Serviette und legte sie sich auf den Schoß. Langsam aß sie, fast Blatt für Blatt, Rosine für Rosine. Draußen regnete es immer noch. Nasse Flocken setzten sich an die Scheibe und rannen als Tropfen herab.

Er listete seine Vorzüge im Vergleich zu denen von Peter auf, stellte Peters dämliches Verhalten und seine untypisch deutschen Anwandlungen an den Pranger und war gerade bei den miserablen Zukunftsaussichten einer Beziehung, die ihr mit Peter blühen würde, als das Steak kam.

Den Fettrand schnitt Morena großzügig ab. Oft setzte sie das Weinglas an und spülte die Gewürze hinunter. Gesagt hatte sie nichts.

Beim Abräumen der Teller fragte die Kellnerin: „Ist alles in Ordnung, mein Herr?"

„Ich stehe auf das Original." Er schaute die Kellnerin an und blickte auf die Rundungen, die fast die Teller berührten. „Meine Begleitung scheinbar nicht. Bringen Sie uns bitte den Nachttisch. Und einen typischen Mate mit Strohhalm."

„Für mich nicht! Ich bin satt", sagte Morena.

„Aber eine Flasche Wein können wir noch, oder? Du willst doch nicht etwa zu ihm zurückgehen? Schieß ihn in den Wind! Und wenn es nur für heute Nacht ist. Ich hätte nichts dagegen."

Sie schwieg. Sie suchte nach Worten.

Auch, wenn sich ihr Arbeitskollege so viel Mühe gegeben hatte und ihr wirklich Trost spenden wollte - gewiss nicht ohne Hintergedanken - sie konnte nicht.

Und auch, wenn sie so aussah, sie war in Deutschland geboren. Verwandtschaft in Argentinien hatte sie keine. Zumindest nicht, dass sie davon wüsste. Sie liebte Peter und seine Einfachheit, seine Schusseligkeit, obwohl es ihr wehtat, dass er ihren Jahrestag vergessen hatte. Vielleicht untypisch. Aber typisch für ihn.

„Du", sagte sie, „ich glaube, ich bleibe bei Pommes und Currywurst." Sie bedankte sich für den außergewöhnlichen Abend. Höflich verabschiedete sie sich, legte einen Schein auf den Tisch und nahm eine der Taxen, die bei diesem Wetter hoch frequentiert gegenüber dem Lokal mit laufendem Motor warteten.

Die Kellnerin lächelte.

Sie kam mit nur einem Mate-Tee und sog an dem Strohhalm, bevor sie ihn überreichte. Im Tangoschritt tänzelte sie fort, warf ihr Haar herum, machte auf dem Absatz kehrt und kam auf ihn zu. „Den Wein", sagte sie, „können Sie auch mitnehmen. In einer Stunde werde ich gehen." Durchdringend sah sie ihn mit ihren großen, braunen Augen an. Ihr dunkles Haar lag wild über den Schultern. „Also? Nachtisch, kleiner Boludo?"

Jo-Jo-Prinzip der Liebe

LIEBESHUNGRIG

AN LIEBE ÜBERFRESSEN

GEBROCHENE LIEBE

DER LIEBE SATT

LIEBESDURSTIG

Die Putzfrau

Es klingelt an der Haustür.

„Irgendwann vergisst sie noch ihren Kopf", brummelt Manfred.

Er erhebt sich von der Couch, kratzt sich am T-Shirt, schlurft zur Tür und reißt sie auf.

Vor Staunen klappt ihm die Kinnlade herunter. Eine junge Frau steht vor ihm, schwarzgelockt mit rotem Lippenstift und lackierten Fingernägeln, einem ausladenden Hut und einem Glitzer-Mohair-Swinger.

„Wir kaufen nichts, treten nicht der Sekte bei und werden auch nicht spenden!", sagt Manfred.

Die Frau lacht.

„Ich bin Matilda, Ihre Putzfrau, und komme – wie jeden Mittwoch – um bei Ihnen reinezumachen."

„Richtig! Tilda", sagt Manfred, „meine Frau hat es erwähnt. Aber ich habe eher ein ... ein älteres Modell erwartet." Anerkennend mustert er sie und zwinkert ihr zu. „Bitte, kommen Sie herein!" Auf der Fußmatte reibt sie die Sohlen ihrer hohen Stiefel ab, schreitet an Manfred vorbei und löst schwungvoll ihr Seidentuch vom Hals.

Manfred weicht zurück.

„Ich will Ihnen ja nicht zu nahe treten", sagt er, „aber putzen Sie immer in dem Outfit?"

Erneut lacht sie. „Ich war in der Stadt, musste für meine Freundin zur Apotheke." Sie streicht sich über ihren Bauch. „Gleich bin ich zum Essen verabredet." Sie strahlt ihn an.

Aber nicht mit der Freundin, denkt Manfred, *dieser Glückspilz! Und ich erst, sollte sie sich jetzt ausziehen und tatsächlich nackt putzen.*

„Ihre Frau ist nicht da?"

„Einkaufen", sagt er.

„Dann fange ich im Bad an."

Sie tänzelt zielstrebig durch die Diele, verschwindet und verriegelt die Badezimmertür.

Manfred riecht an seinen Achseln. Schnurstracks steuert er das Schlafzimmer an, sucht nach einem frischen Hemd, einer frischen Unterhose und dem Aftershave aus der Reisetasche. Großzügig parfümiert er sich damit alle Körpermulden, schlüpft in das Hemd und die Jeans. Dann schlägt er die Kissen auf, streicht die Bettdecken glatt und lüftet das Zimmer. Die Reisetasche stopft er in den Schrank. Mit der Zunge fährt er über seine Schneidezähne. Er formt die Hände zu einem Trichter vorm Mund und macht den Atemtest.

Irgendwo muss ich ein Pfefferminz haben.
Erneut zieht er die Reisetasche aus dem Schrank
und kramt in ihr. Im Seitenfach findet er die
Packung Kaugummis. In Eile kickt er die Tasche
unters Bett und hastet vor. Kurz hält er inne.
Voller Erwartung öffnet er die Schlafzimmertür.
Das Kabel des Saugers schlängelt sich durch den
Flur. Aus dem Wohnzimmer dröhnt der Sound.
Manfred registriert, dass er seit dem Frühstück
nicht mehr zum Klo gewesen ist, und verschwin-
det im Bad. Er verschafft seinem Harndrang
Erleichterung. Dass Tropfen danebengehen, sieht
er nicht, dafür Matildas Kleidung.
Über dem Wäschepuff liegt ihr Mohair-Swinger,
darauf der Hut. Am Handtuchhaken hängt ihr
Rock, die Bluse, der Seidenschal. Darunter steckt
die Nylonstrumpfhose in den Stiefeln.
Auf dem Wannenrand liegt ein Kettchen auf der
Apothekentüte. Beim Umdrehen stößt er dagegen.
Beides rutscht in die Wanne, unter den Vorhang.
Manfred drückt die Spülung, wäscht sich die
Hände. Im Spiegel betrachtet er seinen Stoppel-
bart. *Keine Zeit!* Stattdessen fährt er mit nassen
Fingern durchs Haar und versucht, einen wider-

spenstigen Wirbel zu glätten. Wasserspritzer
landen auf dem Spiegel. Der Sauger verstummt.
Mit kribbelndem Gefühl öffnet er die Badezimmertür und folgt dem Kabel. Im Wohnzimmer
ist Matilda nicht. Sie klappert in der Küche.
Vorfreude überkommt Manfred. Dieses Geschöpf
am Herd, am Spülbecken, am Küchentisch wir-
beln zu sehen, wie er es bei seiner Frau vor
Jahren in ihren Flitterwochen zuletzt erlebt hatte,
beflügelt ihn. Er stürmt in die Küche.
Erschrocken dreht sich Matilda um.
Sie trägt dieses typische Putzfrauen-Outfit:
himmelblauer Kittel mit bunten Blümchen und
Gummihandschuhe in Pink.
Das Einzige, was nicht zur Dienstkleidung passt,
sind die rotlackierten Fußnägel.
Manfred holt tief Luft.
Ob sie ein Höschen unter dem Kittel trägt?
Am Kühlschrank löst er einen Magneten. Der
Einkaufszettel segelt zu ihren Füßen. Sie bückt
sich. Der Blick in den Ausschnitt auf ihren
schwarzen Spitzen-BH ist Manfred gegönnt.
„Uppsala!", sagt er. „Tilda, darf ich Ihnen einen
Kaffee machen?"
„Matilda!", sagt sie und reicht ihm den Zettel.

„Matilda", betont er, „mit Milch und Zucker, Matilda?"

„Eigentlich habe ich keine Zeit."

Für einen Quickie findet sich immer Zeit, denkt er und sagt: „Ihre Verabredung, nicht wahr?"

Sie nickt.

„Wissen Sie, Matilda, das Schlafzimmer habe ich schon gemacht. Das lassen wir heute einfach mal und nehmen uns Zeit für einander."

Sie schaut ihn an. Er zeigt zur Kaffeemaschine.

„Wenn Sie es sagen. Aber ohne Zucker", bittet sie, „dann verstaue ich schnell den Sauger und bin gleich bei Ihnen." Sie huscht aus der Küche, feudelt über die Garderobe und das Sideboard in der Diele und saugt bis zur Kammer, um den Sauger dort wieder ordentlich zu verstauen.

Der Kaffee pröttelt durch die Maschine.

„Matilda!", trällert Manfred.

„Komme gleich", antwortet sie aus dem Bad.

Er füllt die eine Tasse, zu der sie eine passende Untertasse haben, mit Kaffee und aufgeschäumter Milch. Vorsichtig schleicht er durch die Diele und postiert sich mit aufgeknöpftem Hemd vor der Badezimmertür. Es klingelt.

Kurz erschrickt Manfred.

Egal, denkt er und hört, wie Matildas Stiefel über die Badfliesen stöckeln. Er holt tief Luft.

Sie entriegelt die Tür, zieht sie schwungvoll auf. „Oh, mein Kaffee!" Sie greift zu, drückt ihre frisch geschminkten Lippen auf den Tassenrand und nimmt einen Schluck. Es klingelt erneut. „Sehr lecker! Leider habe ich dafür keine Zeit mehr. Trotzdem Danke." Sie schnappt sich das Geld vom Sideboard. In der Drehung schwingt ihr Swinger. Mit dem dritten Klingeln entschwindet sie im Treppenhaus, tippelt die Stufen hinab.

Im nächsten Moment steht seine Frau in der Tür. „Was ist hier los? Wie sah Tilda denn heute aus? Noch nicht einmal *Hallo* konnte sie sagen." Sie schaut ihren herausgeputzten Mann mit seinem aufgeknöpften Hemd an. „Hast du in Parfüm gebadet?" Sogleich entdeckt sie den Lippenstift auf ihrer Lieblingstasse.

Mit der flachen Hand klatscht sie in sein entgleistes Gesicht, schlägt ihm dabei den aufgeschäumten Milchkaffee aus den Händen und stürmt ins Bad. Die Verriegelung löst sie gleich wieder und pendelt mit dem silbernen Bauchkettchen vor seiner Nase herum. In der anderen hält sie den Schwangerschaftstest aus der Apothekentüte.

Manfred, der die Scherben zusammenklaubt, schaut an ihren Boots hoch zu ihr.

„Der? Der gehört wohl Matilda!", sagt er.

„MA -Tilda?!"

„Nein, ihrer Freundin. Ich kann das erklären."

„Nicht nötig! Deshalb hast du heute freigemacht." Wutentbrannt stapft sie ins Schlafzimmer.

„Wie doll müsst ihr es getrieben haben, dass ihr mitten im Winter lüftet, bis hier ein Eisstall entsteht? Du brauchst nichts zu erklären! Deine Haare ragen zu allen Seiten. Sie sind immer noch klatschnass. Die Betten sind zerwühlt." Sie zupft das Bettlaken unter die Matratze. „Unsere gute Putzfrau, deine MA-Tilda, hat es nicht einmal für nötig gehalten, eure Spuren zu beseitigen. Auch das Bad sieht aus wie immer. Aber das Geld, das hat sie genommen. Hätte ich bloß meine Schlüssel und den Einkaufszettel nicht vergessen!"

Sie knallt das Fenster zu. „Warum hast du dich nicht im Griff?"

Heulend schließt sie sich im Schlafzimmer ein. Manfred reibt sich die Bartstoppel.

„Ich geh´ dann mal einkaufen", sagt er.

Eifersuchtstaten

Obwohl diverse Kundinnen[1] in seinem Zustellbezirk dem Kurier, wirklich glaubhaft, stichhal-
tige Alibis[2] gegeben hatten, wurde er des Tot-
schlags an seinen drei Ehefrauen und deren Lieb-
habern angeklagt und zu lebenslänglich verurteilt.

Bis heute streitet er jedoch ab, die Tat an der sehr,
sehr mageren begangen zu haben. Es sei definitiv
nur ein tragischer Unfall gewesen, den er nicht
verschuldet hatte.

Wir wissen, dass es sich dabei um eine unglück-
liche Verwicklung gehandelt hatte, in der folglich
ihr Genick brach. Wir könnten es aufklären.

Würden sie dich, aufgrund von vergangenen Vor-
kommnissen oder wilden Fantasien, für befangen
halten können? Du wohntest doch auch im
Zustellbezirk dieses Kuriers, oder?

für die letzten beiden Tathergänge blättere nach vorn auf Seite 7ff

---

[1] Immer gut aussehende, dezent geschminkte und parfü-
mierte Frauen mittleren Alters mit berufstätigen Männern
und bereits weggezogenen Kindern

[2] immer während seiner Dienstzeiten

Die Probezeit von Tom Ruhn

„Hallo Brine, darf ich dir unseren Neuen vorstellen?", fragte Mona Schelf. Sie hatte diesen Unterton in der Stimme. Immer, wenn ihre Freundin einen neuen Verkupplungsversuch startete, sprach sie mit diesem verschmitzten Lächeln. Und jedes Mal schleppte sie ein Prachtexemplar der männlichen Gattung an.

Überschwänglich drehte sich Sabrin um und riss dabei die volle Kaffeetasse von der Anrichte.

Im Schwung der Drehung und bedingt durch das Phänomen der Trägheit schwappte ein Schwall Milchkaffee heraus.

Ausgerechnet die Stelle ihrer Bluse, deren Wölbung sie im Büro versuchte zu minimizen, zierte jetzt ein nasser, brauner Fleck.

„Mist!" Die Tasse fiel zu Boden. Sabrin bückte sich und tat vornübergebeugt wichtig daran, den Schaden zu begrenzen.

„Entschuldigen Sie, ich wollte Sie mit meinem Auftritt nicht erschrecken."

´Diese Stimme`, dachte Sabrin, blickte verlegen hinauf und sah in dem Neuankömmling den Mann, dessen Profil sie kannte.

„Entschuldigen Sie mich, bitte!" Abrupt stand sie auf, riss ein Papiertuch der Küchenrolle, die auf der Anrichte lag, ab und tupfte ihre Bluse.

„Ach, Brine!" Mona schüttelte den Kopf. „Dann stelle ich dir Tom Ruhn eben nachher vor. Kommen Sie! Wir gehen zur IT."

Ihre Freundin, die in der Firma die Leitung der Personalabteilung innehatte, legte Tom Ruhn die Hand auf den Rücken.

„Das war Sabrin Saila. Wie es aussieht, unser heutiger Tollpatsch des Teams. Aber sie ist eine hervorragende Mitarbeiterin. Glauben Sie mir, Sie werden Sie mögen."

Mona Schelf verließ mit Tom Ruhn die Teeküche.

*

„Mona, hättest du mich nicht vorwarnen können?" Sabrin stand neben dem Kopierer. Nachdem die Personalerin den Rundgang beendet hatte, hatte sie ihre Freundin gesucht.

„Wie findest du ihn?", fragte sie, „ist er nicht schnuckelig?"

„Für wen?", fragte Sabrin.

„Wir wissen beide, dass es allmählich Zeit wird, den Männern eine neue Chance in deinem Leben zu geben. Ich spüre das doch."

„Und wenn es wieder so ein gutaussehender Mistkerl ist, der nur das Eine will."

„Nämlich dein Geld?" Mona lachte. „Ein Dreivierteljahr ist dieser Mistkerl jetzt weg. Und glaube mir, es gibt auch andere. Der hat dein bisschen Kohle gewiss nicht nötig." Sie zwinkerte ihrer Freundin zu. „Wie er herüberschaut! Und die textet ihn einfach zu. Ganz sicher! An der manischen Mechthild ist er nicht interessiert."

„Mona, was weißt du über ihn?"

„Seine Akten sind einwandfrei. Gute Schule, gute Ausbildung, Auslandssemester. Von der Konkurrenz abgesprungen, um Karriere zu machen. Können wir gebrauchen, zumal Korowski bald fällig ist."

„Wo ist der Haken?"

Mona verzog das Gesicht. Sie drehte einen Ring am rechten Finger.

„Mensch, Mona. Das ist schon von vornherein zum Scheitern verurteilt."

„Er sah unglücklich aus. Das habe ich gleich gespitzt. Das Gespräch hat er galant am Thema Familie vorbeigelenkt. Laut Steuerkarte ist er in Klasse III eingruppiert. Entweder lebt er im Trennungsjahr oder steht unmittelbar davor. Das ist deine Chance, Sabrin." Mona nickte ihr zu.

„So ein Quatsch! Achtung! Er kommt", flüsterte Sabrin.

„Dann ran, bevor Mechthild ihn sich schnappt!" Beide Frauen lachten.

„Hallo die Damen. Störe ich?"

„Ich wollte gerade gehen, habe noch einiges auf dem Schreibtisch liegen", sagte Mona Schel. Hinter Tom Ruhns Rücken zeigte sie ihrer Freundin das Zeichen für ´perfekt`, indem sie Daumen und Zeigefinger zu einem Kreis formte. Dann verschwand sie.

„Darf ich mich vorstellen? Mein Name ist Tom Ruhn."

„In der Küche, vorhin. Wir beide." Sabrin deutete auf ihn und sich. Sie errötete.

„Sicher. Das habe ich noch vor Augen." Mit dem Finger malte einen Kreis quer über sein Hemd.

„Ich wollte uns einen frischen Start geben. Darf ich?" Fragend schaute er sie an.

„Ah, so. Ich, ich bin Sabrin. Sabrin Saila und ich arbeite im Einkauf."

„Und wenn Sie nicht arbeiten? Gehen Sie mit mir heute Abend irgendwo etwas trinken? Ich kenne mich hier noch nicht aus. Wir sind neu hier."

´Wir`, dachte Sabrin und fragte: „Wie meinen Sie das?"

„Ganz zwanglos, unter Kollegen, einen trinken und über die Firma plaudern und vielleicht ein bisschen privat." Er streckte beide Handflächen vor. „Nur, wenn Sie Zeit und Lust haben, Sabrin. Um halb sechs ist heute Schluss für mich. Wo treffen wir uns?" Mit einem Kopfwinken zeigte er in Richtung Teeküche.

„Also gut, ganz zwanglos. Sollen wir zur Chair Lounge gleich um die Ecke? Dort ist es gemütlich und nicht zu laut."

„So soll´s sein. Ich lege meinen Feierabend in Ihre Hände. Bis nachher Sabrin Saila." Auf dem Absatz machte er kehrt und lief zurück in Mechthilds Arme.

Sabrin pustete die angehaltene Luft aus, während sie sich dem Kopierer zuwandte. Den Kopf gesenkt drückte sie sich vor den Brustkorb. ´Oh, nein. Ich brauche eine neue Bluse!`

*

Pünktlich um halb sechs kam Tom Ruhn in die Teeküche. Er schlug seinen Mantelkragen hoch und hielt ihr ihre graue Steppjacke auf.

„Sie haben sich umgezogen, Sabrin."

Er schaute auf den silbernen Anhänger ihrer Kette.

„Herr Ruhn, Sie wollten einen frischen Start. Sollen wir?" Sie nahm die Geste an, stellte die Tasse auf die Anrichte und schlüpfte in die Jacke. Er sog das Parfüm in ihrem Haar ein.

„Nach Ihnen, Frau Saila!"

Auf dem Weg zur Chair Lounge, die zwei Blocks entfernt lag, sprachen sie über seinen ersten Tag. Hauptthema war Mechthild Granner und ihre Aufdringlichkeit.

Als sie die Bar erreichten, öffnete Tom Ruhn mit angedeutetem Bückling die Tür.

„Dass das klar ist, die Drinks gehen heute auf mich. Als Einstand sozusagen."

Sie nahmen den Tisch in der Ecke.

Voll war es noch nicht für einen Donnerstag-abend, an dem bei der Afterworkparty die Drinks zum halben Preis serviert wurden.

„Was nehmen Sie, Sabrin?"

„Einen Planter´s Punch. Den kann ich empfehlen, wenn Sie es fruchtig mögen."

Er lächelte. „Vollmundig. Ich hätte auf Tropical Mystery getippt." Dabei musterte er sie, wie sie an ihrer Kette spielte.

„Vielleicht zum Dessert", sagte Sabrin, glitt mit ihrer Zunge über die Lippen und biss sich auf die Unterlippe. Sie lauerte auf seine Reaktion.

„Gut!" Er drehte sich zum Kellner und rief: „Zwei Planter´s´, bitte."

Knisternde Stille schwebte zwischen ihren Blicken, bis der Kellner kam und wieder verschwand.

„Auf Sie, Tom Ruhn. Herzlich willkommen."

„Bitte sagen Sie Tom." Sie prosteten sich zu und nahmen den ersten Schluck.

„Tom, und was sagt Ihre Frau dazu?"

Vornübergebeugt, die Ellenbogen aufgestützt, hob er beide Hände und wackelte mit den Fingern.

Am Ringfinger sah Sabrin die Vertiefung, die blasser war als die übrige Haut.

„Geschieden?", fragte sie.

„Reden wir über etwas Erfreulicheres."

Das machten sie. Über die vielen Gemeinsam-
keiten hinweg, die sie entdeckten, merkten sie
nicht, wie die Stunden verflogen.

Harmonische Euphorie und die Lust auf das
Geheimnisvolle des Unbekannten erfüllten den
Abend.

„Oh, es wird Zeit", sagte Sabrin.

„Für einen Tropical Mystery?"

Sie schüttelte den Kopf. „Ich habe Ihre Groß-
zügigkeit schon zu sehr strapaziert. Vielleicht
beim nächsten Mal." Sie kramte in ihrer Handtasche. „Zu dumm!"

„Was?"

„Ich kann meinen Haustürschlüssel nicht finden.
Er liegt wohl noch im Schreibtisch. Ich muss
zurück ins Büro."

„Soll ich Sie begleiten?"

„Nein." Sie lachte. „So weit sind wir noch nicht."
Sie zwinkerte. „Wir sehen uns morgen im Büro.
Schlafen Sie gut, Tom Ruhn."

„Und träumen werde ich, Brine."

*

Mit dem Firmenausweis öffnete sie die Tür. In
den Fluren schaltete sie kein zusätzliches Licht
an, weil die Notbeleuchtung reichte und sie,

abgesehen davon, die Wege blind hätte nehmen können.

„Und?", fragte Mona Schelf, die im Büro auf ihre Freundin gewartet hatte.

„Hast du mich erschreckt!" Sabrin schnappte nach Luft.

„War´s wie erwartet?"

„Den halten wir. Er ist charmant und hat viel im Kopf. Mechthild ging ihm ganz schön auf die Nerven. Sie macht ihre Sache gut. Wenn mich nicht alles täuscht, hast du eine gute Wahl getroffen."

„Hat er von mir gesprochen?" Mona spielte an den Köpfen ihrer Bluse.

Um ihr die Enttäuschung zu ersparen, erwiderte Sabrin: „Hast du ihm von dem Raum erzählt?"

„Sag´ nicht, Mechthild ist mittlerweile im Bilde! Sie muss endlich weg!"

„Mechthild, nein, die weiß nichts, sonst hing` die Info längst am schwarzen Brett. Gewundert hat er sich, wie ich mich umziehen konnte, ohne die Firma verlassen zu haben. Habe ihm von meinem Kleider- und Dessous-Depot im Schreibtisch erzählt. Die diversen High Heels stünden im

Aktenschrank. Genau aus diesem Grund sei der immer abgeschlossen. Tom hat nur gelacht."

„Oh, Tom!" Ein Unterton schwang in ihrer Stimme mit.

„Das war doch dein Plan", giftete Sabrin, „also wundere dich nicht."

„Es sei dir gegönnt! Er scheint, richtig gut zu sein - was ich mitbekommen habe. Brine, tue es einfach!" Sie nahm Sabrin in den Arm. „Lust auf einen Absacker? Das Bett ist gemacht."

Sabrin verzog die Mundwinkel. „Mona", sagte sie, „na, gut. Aber das ist der letzte."

Mona lächelte, öffnete die Flasche, ließ dabei den Sektkorken knallen und goss ein.

Mit den Gläsern in der Hand verschwanden die beiden Frauen in dem Raum, der zwischen Monas Büro und der Teeküche lag.

*

„Guten Morgen, Sabrin."

Abrupt drehte sie sich um.

Die Akte, die sie vor sich trug, drückte sich zwischen ihren und seinen Körper.

Sabrin spürte, wie er tief einatmete und sich sein Brustkorb hob. Sein Aftershave lag in der Luft.

„Sie sind früh hier, Herr Ruhn."

„Waren wir nicht bereits bei Tom?"

„Etwa übermotiviert?" Sie grinste ihn an.

Er fasste ihre Schultern. Seine Hände glitten an ihren Armen entlang. „Vielleicht, Frau Saila."

Schritte polterten über den Gang.

„Sabrin, komm! Korowski wartet. Er braucht die Akte. Jetzt!" Jens Beckmann hetzte am Büro vorbei, selbst bepackt mit einem Stapel Akten.

„Kommen Sie mit?"

„Bin nicht eingeladen."

„Dann entschuldigen Sie mich, Tom Ruhn."

Er ließ die Hände sinken und folgte ihr aus dem Raum.

Im Gang blickte er ihr nach, bis sie in Korowskis Büro verschwand. Erst als Mechthild Granner auftauchte, wandte er sich geschäftig dem schwarzen Brett neben der Teeküche zu. Im Augenwinkel sah er, wie die Blondine strammen Schrittes, mit wippenden Locken ebenfalls am Ende des Flures in sein Büro marschierte und die Tür hinter sich zuzog.

*

Korowski war ein harter Verhandler. Wenn es darum ging, für die Firma Qualitätsprodukte zu günstigen Preisen einzukaufen, war er es, der es tat.

Die Besprechung dauerte an.

Aus den vorherigen Einkäufen suchten sie nach Gesprächsnotizen, die er verwenden könnte.

Jeder war dazu angehalten, dem gegnerischen Geschäftspartner Informationen zu entlocken, die von privater und vor allem von verfänglicher Natur waren.

Sie waren das Kleingedruckte, was Korowski brauchte. Daraus strickte er seine Knebelkontrakte.

Die Zeit rannte ihnen davon.

„Leute, ihr wisst, worauf es ankommt. Und da ist es mir auch egal, ob ihr am Wochenende Geschenke oder den Weihnachtsbaum kaufen wollt. Montag will ich Brauchbares auf dem Tisch haben! Das Ding wird dieses Jahr noch in trockene Tücher gepackt. Abflug!"

Sabrin Saila und Jens Beckmann packten die Akten zusammen. Beim Verlassen des Büros hörte Sabrin, wie Korowski Mechthild Granner zurückpfiff. Sabrin blieb im Gang außer Sicht-, aber in Hörweite stehen.

„Mechthild, meine Liebe, wie weit bist du bei unserem Neuen? Ich traue ihm nicht. Welche Infos hast du?"

„Er blockt."

„Schweigepflicht hin oder her. Wir brauchen sein Insiderwissen. Trag den Rock kürzer!"

„Die Saila pfuscht mir ständig rein. Glaube schon fast, sie taucht extra auf."

„Dann eben so was." Er warf ihr einen vielsagenden Blick zu. „Mach´ es dingfest! Du weißt, was auf dem Spiel steht!"

Er gab ihr einen Klaps auf den Po. „Abmarsch, Schätzchen! Bis Montag, hörst du!"

Sabrin vernahm einen leisen Jauchzer und den Hopser, den Mechthilds Pumps machten. Schnell huschte sie um die Ecke in die Teeküche hinein. Dort stand Tom Ruhn.

„Sie haben jetzt aber nicht auf mich gewartet?", fragte sie.

Er lächelte.

Zwei Kaffeetassen hielt er vor sich.

„Mit Milch, wenn ich mich recht erinnere."

„Danke!"

„Alles okay? Sie sehen bedrückt aus."

„Wochenendschicht, dank Korowski!"

„Und ich dachte, wir feiern Ihren Namenstag. Am Achten, nicht wahr? Ein schnuckeliges Lokal habe ich gefunden, dessen Weihnachtsbrunch gelobt wird. Schaffen Sie das? Sonntag, um elf beim Kleeborn. Das kennen Sie doch?"

„Ja. Aber wieso – wer hat Ihnen ..."

„Gut! Dann beeilen Sie sich mit Korowskis Auftrag! Sabrin, ich freue mich." Er zwinkerte ihr zu und verschwand.

*

Um achtzehn Uhr sah Mona Schelf, wie Tom Ruhn das Büro verließ. Auf dem Firmenparkplatz wartete ein schickes Cabrio mit offenem Verdeck. Die Fahrerin hatte einen Teil ihrer blonden Haare mit einem Wollschal umwickelt. Sie winkte.

Tom Ruhn veränderte seine Körperhaltung. Er wirkte unsicher, als er hinaufblickte.

Mona trat einen Schritt zurück. Die Scheiben ihres Büros waren getönt. Trotzdem hatte sie das Gefühl, von ihm gesehen worden zu sein. Sie wartete, bis der Motor aufheulte, trat vor und sah Tom Ruhn, wie er die Hand auf den Oberschenkel der Frau gelegt hatte und im Cabrio davonfuhr.

„Offen fahren im Winter, denen muss wirklich heiß sein." Mona Schelf verließ den Raum. Sie suchte Sabrin Saila.

*

„Meine Liebe, warum lässt du dir das von Korowski bieten? Willst du etwa hier übernachten?" Insgeheim hoffte Mona Schelf, ihr Wochenende mit Sabrin verbringen zu können – wie in alten Zeiten.

„Ach, Mona! Korowski will unbedingt Toms alte Firma knacken und deren Lieferanten knebeln. Zu heikel, ihn kann und will er nicht fragen und Mechthild ..."

„Mechthild kann bei Tom Ruhn nicht landen." Mona lachte auf, verstummte sofort. „Hat er jetzt etwa dich auf ihn angesetzt?"

„Nein, eher Mechthild auf mich und auf Tom. Meine Aufgabe heißt: Akten wälzen. Ich glaube kaum, dass Tom mir dabei helfen wird."

„Wohl kaum! Komm! In einer halben Stunde machst du Pause! Ich koche uns etwas. Alle sind im Wochenende. Sogar Jens ist gegangen. Dem ist Korowski egal. Er ist mit seinen Kumpels verabredet."

Sabrin dachte an Jens Beckmann, an seine
Unbekümmertheit, was Privates anging, an seine
offene Art. Sprach er mit ihr, war alles so leicht
und klar, logisch und lustig. Hatte er eine Ex, war
das auch eine Ex. Es gab kein hin und her, *vielleicht* oder *nur ein einziges Mal noch.*
„Brine?", fragte Mona, „Essen?" Sie spielte an
den Knöpfen ihrer Bluse herum. Eine Absicht, die
Sabrin nur allzugut kannte. Sabrin seufzte.
„Essen?", sagte sie, „ja, das wäre fein."

*

Am Samstagmorgen standen die beiden in der
Teeküche. Sabrin trug das Oberteil, Mona die
Hose ihres Seidenpyjamas. Kaffeeduft zog durch
die Etage, als der Aufzug surrte.
„Mist!" Beide Frauen rannten um die Ecke in
Monas Büro.
„Hallo!", hallte es durch den Gang, „Guten
Morgen."
´Diese Stimme`, dachte sie. Das Gefühl einer
Gänsehaut durchrieselte ihren Körper.
Mona schüttelte den Kopf.
Sie hörten Tom Ruhns Schritte. An jeder Tür hielt
er an, klopfte und öffnete sie. Sein ´guten
Morgen` brach sofort ab, wenn er erkannte, dass

das Büro leer war. Schräg gegenüber der Teeküche klopfte er zaghafter und hauchte: „Brine?"

„Beeil´ dich!", forderte Mona sie auf und schlüpfte unterdessen in ihre Strumpfhose. Der Reißverschluss am Rock klemmte.

Die Schritte kamen um die Ecke.

„Jepp!", rief Sabrin und hechtete auf den Stuhl gegenüber von Monas Schreibtisch.

Ein Klopfen, und die Tür flog auf.

„Guten Morgen, die Damen. Ich dachte nicht, dass Samstagsarbeit für alle angesagt ist. Schön, Sie beide zu sehen. Frau Saila, wie weit sind sie mit den Unterlagen für Herrn Korowski? Mir war so, als könnte ich Ihnen zur Hand gehen. Frau Schelf!" Er tippte sich an die Lippe.

Mona erschrak. Aus der Schublade zog sie einen Handspiegel und korrigierte den Lippenstrich, den sie in der Eile verzogen hatte. „Danke. Dann macht euch mal an die Arbeit!", sagte sie und tippte ihr Passwort ein.

*

„Herr Ruhn, ich darf Sie nicht mit einbeziehen", sagte Sabrin Saila, als sie ihre Bürotür öffneten.

„Er hat es ausdrücklich angewiesen. Bitte!"

„Deshalb bin ich nicht hier." Seine Finger fuhren ihren Rücken hinab. Am Hosenbund stoppte er und legte seine flache Hand auf.

´Wie warm er ist´, dachte Sabrin und schloss die Augen. Sie bewegten sich nicht.

„Brine", rief Mona plötzlich. Sie stand hinter ihnen im Gang. „Ich habe alles, was ich brauche. Bleibt anständig, wenn ich euch den Rücken kehre. Ich kann euch doch alleine lassen, oder?" Sie lachte.

Sabrin hatte sich verkrampft. Sie konnte sich jetzt auf keinen Fall umdrehen.

„Wir sehen uns, Frau Schelf." Tom hatte seine Hand nicht bewegt. Er war einen Schritt zur Seite getreten, um Monas Blick abzuschirmen.

„So wie es aussieht, schon bald, Herr Ruhn. Sie wissen, wo mein Büro ist." Sie ging in die andere Richtung, in Richtung Aufzug, der gegenüber dem Kopierraum war, und drückte auf den Knopf. Sofort schoben die Schiebetüren auseinander und schlossen sich wieder.

Tom Ruhn drehte Sabrin herum, die Hand fest an ihrem Rücken. Seine Lippen kamen näher, verharrten, kamen näher.

Sabrin spürte seinen Atem. Ihre Brust berührte seinen Körper. Sanft schmiegte er sich an sie. „Herr ..."

Seine Lippen waren ihren ganz nah.

Mit der freien Hand strich er ihr durchs Haar. „Komm", sagte er, „komm!" Er küsste sie, fuhr ihren Hals entlang, übers Schlüsselbein und berührte den Anhänger ihrer Kette. Sie ließ es geschehen.

Sanft tasteten die Finger nach den Knöpfen ihrer Bluse. Der oberste öffnete sich, der nächste und ein weiterer. Tom Ruhns Zunge drang in sie hinein. Sie umkreiste ihre. Behutsam spielte sie mit ihrer, tippte sie an, um sie dann wieder zu umkreisen. Küssend streifte Tom ihre Bluse hinunter. Sabrins Knie gaben nach.

Damit hatte er nicht gerechnet. Obwohl er sie mit seiner Hand im Kreuz stützte, kippte sie nach hinten weg und schlug auf die Tischkante. Sofort war Sabrin wach, schaute ihn mit großen Augen an.

„Zeig! Blutest du?", fragte er, „oder ist es nur eine Beule? Ich bring dich in die Küche. Okay?" Sabrin Saila war benommen. Sie ließ sich führen.

In der Teeküche angekommen, hörten sie den Aufzug. Dumpfe Schritte stöckelten zu ihnen. Die erste Tür oben im Gang auf der gegenüberliegenden Seite wurde aufgestoßen.

„Schnell!", forderte Tom Ruhn und zog ein Geschirrtuch vom Haken, „die Beule ist jetzt egal. Bitte bedecke deine wohlgeformten, mich zum Wahnsinn treibenden Brüste!"

Mit einem Schlag realisierte Sabrin ihre Situation. Sie hörten Mechthilds Gesumme, das gewiss gleich näher kommen würde, sobald sie ihren Mantel aufgehängt und ihre Handtasche im Schreibtisch verstaut hatte.

„Ins Personalbüro! Ab, um die Ecke!", zischte Sabrin und zog das Handtuch vor ihren Körper und Tom Ruhn hinter sich her.

Die Bürotür schlossen sie leise, sahen sich nach einer Möglichkeit um, abzuschließen oder sich hier irgendwo zu verstecken.

Tom Ruhn nickte zur vertäfelten Wand.

Sie schaute ihn fragend an.

Mechthilds Pumps stöckelten auf den Fliesen der Teeküche. „Oh, stark, sehr stark! Den Kaffee hat Mona Schelf gemacht. Das ist gut! Sie ist da", hörten sie sie sagen.

„Garantiert! Sie kommt!" Sabrin weitete ihre Augen. Das Geschirrtuch fassend kreuzte sie die Arme vor der Brust.

Tom Ruhn hechtete an ihr vorbei, zog einen der Ordner im Regal neben der Vertäfelung vor.

Der Raum dahinter öffnete sich.

„Na, endlich!", sagte Mona, „kommt ´rein – oder wollt ihr der manischen Mechthild Futter für Korowski liefern?"

„Du bist noch hier?" Tom schaute sie verblüfft an. „Na, klar! Der Aufzugtrick!", sagte er.

„Erst wollte ich gehen. Aber als ich euch miteinander sah ..." Mona zwinkerte beiden zu. Sie hatte ihre Bluse um einen weiteren Knopf geöffnet. Drei Sektgläser hatte sie gefüllt und das Bett frisch aufgeschlagenen. „Komm, Brine!"

Tom Ruhn lächelte, zog Sabrin herein und drückte den Schalter im Inneren des Raumes.

Die Vertäfelung schloss sich hinter den Dreien.

Dieses Kröschen könnte hier enden, tut es aber nicht.
Die Geschichte um Tom Ruhn, Sabrin Saila, Mona Schelf und Mechthild Granner geht in **Punschbrezeln mit Tee** weiter. In Zusammenarbeit mit der Autorin Annie Royn erscheint der erste Teil dieses Erotik-Thrillers im Herbst 2021.

Parfüm zum Valentinstag

*Für die Herren wird stets das
gleiche Parfüm verpackt.*

*So bleiben all deine
Amouren in Takt.*

Wie es zu dieser Faustregel kam, verrät
das Gedicht *Dessous-Geschenke* im
Band 5 der Kröskenskisten
Meine Weihnachts - Kröskens für euch

Liebesschlösser

In den Wintermonaten war es besonders schwer
für ihn. Wenn die Winde stürmten und die Luft in
der Lunge brannte.
Ingrid hatte Wärme in die Wohnung gebracht.
Ob es mit Franzbrötchen war oder warmem Tee
oder der einladenden Wolldecke zusammen mit
ihr im Snoezelenraum.
Der Krebs hatte sie ihm genommen.
Seither ging er jeden Sonntag allein um den Kuh-
mühlenteich, auf der Hartwicusseite den Munds-
burger Kanal entlang, bis zur Schwanenwikbrücke. Dort hatten sie sich die ewige Liebe
geschworen. Ein Schloss mit ihrer beider Namen
hatte es besiegelt. Im Laufe der Zeit kamen wei-
tere, fremde dazu. Die Restaurierung der Brücke
hatte ihrem Bekenntnis nicht geschadet. Das
Geländer wurde an gleicher Stelle zurückgesetzt.
Ihr Schloss hing.
Als Oke die Brücke erreicht hatte, war er nicht
allein. Auf der gegenüberliegenden Seite stand
eine junge Frau. Sie kehrte ihm den Rücken zu.
Sie bemerkte ihn nicht. Plötzlich trat sie gegen

das Geländer. Immer und immer wieder holte sie aus und trat zu.

Oke ließ ihr den Zorn und verschwand treppabwärts, unter der Brücke.

Je näher er der Außenalster kam, desto lauter drangen die Geräusche zu ihm herunter.

Tritt sie etwa unser Herz?

Hitze stieg in ihm auf. Seine Atmung stockte. Das beklemmende Gefühl, das ihn seiner Zeit lange übermannt hatte, erfasste ihn. Er eilte voran.

„Hallo! Junge Frau!", rief er, als er sie sehen konnte.

Sie erschrak, ließ vom Schloss ab und rannte in Richtung Uhlenhorst davon.

Oke schüttelte den Kopf. Er meinte, Ingrids Schloss noch hängen zu sehen. Erst, als er sich vergewissert hatte, dass dem so war, war er beruhigt.

Am Sonntag darauf sah er die junge Frau wieder. Es war ein diesiger Tag. Sie saß auf einer Bank auf der Alsterwiese in sich zusammengesackt.

Ihre Schultern hingen herab.

Sie blickte auf ihre Hände.

Oke konnte nicht erkennen, was sie festhielten. Ein Liebesschloss war es nicht.

Er näherte sich ihr.

„Darf ich mich zu Ihnen setzen?"

Sie blickte nicht auf. Sie zitterte.

„Ich will mich nicht aufdrängen. Ich brauche nur eine Pause, bin schon weit gelaufen. Darf ich?"

Sie sah ihn mit verheulten Augen an.

„Mein Name ist Oke", sagte er und setzte sich.

Die Holzstreben der Bank waren kalt und feucht.

„Betty", sagte sie. Apathisch schaute sie wieder auf ihre Hände.

„Hat es geklappt?", fragte Oke, „mit der Säge, meine ich."

Sie schaute ihn an und schüttelte den Kopf.

„Er war kein guter Mann, sonst hätte er das für Sie erledigt. Oder ist er etwa ..." Oke holte tief Luft. Er wagte nicht, das Wort auszusprechen.

„Er ist ein Schwein", fluchte sie, „zwei Jahre, hinter meinem Rücken. Dieses miese Schwein." Sie schluchzte.

„Kommen Sie! Wir gehen ein Stück."

Wortlos stand sie auf. Er führte sie in Richtung Uhlenhorst.

„Betty", sagte er nach einer Weile, „Sie sind nicht von hier, wenn ich fragen darf."

„Für Freerk habe ich alles stehen und liegen gelassen, bin Hals über Kopf nach Hamburg gezogen. Und wofür?" Mit dem Ärmel strich sie über die Nase. „Wegen ihm habe ich mich sogar mit meiner Familie zerstritten. Und dann das!"

Oke reichte ihr ein Taschentuch. „Wollen Sie wieder zurück?"

„Mein Job hier gefällt mir. Soll ich den hinschmeißen? Wegen ihm?" Sie schüttelte den Kopf. „Es ist nur so, dass wir zusammenwohnen. Vorübergehend ist er zu Kathleen, seiner neuen Liiiebe, gezogen. Ihre Wohnung ist zu klein für die Planung und seine ... seine läuft auf seinen Namen, nicht auf meinen. Einen Monat hat er mir gegeben, höchstens zwei. Wie soll ich das schaffen? Und das in Hamburg."

Erneut fing sie an zu weinen.

Oke dachte an seine geräumige Dreizimmerwohnung. Ingrids Snoezelenraum hatte er nicht verändert. Kraft hatte der Raum ihnen in der schweren Zeit gegeben. Nach ihrem Tod hatte Oke ihn nur zum Lüften betreten. Vor Wut hatte er einmal die Sitzsäcke verdroschen und die Wolldecken um sich geschmissen, es aber sofort bereut. In gewisser Weise stand der Raum leer.

Mit einem Kopfschütteln verwarf er den Gedanken.

„Zunächst", so sagte er, „sollten wir das Herz vom Geländer brechen. Ihre Säge bringt da nicht viel. Dazu brauchen wir einen Bolzenschneider. Wann haben Sie morgen Feierabend?"

„Das würden Sie tun?"

„Ihre Hilfe brauche ich schon, bei all den Schlössern, die da hängen." Er lächelte sie an. „Betty, wenn sie wollen, morgen Abend. Wann?"

Sie blieben stehen.

„Um 17:00 Uhr könnte ich da sein."

Er nickte.

Die Nacht hatte Oke nicht geschlafen. Irgendwann war er in Ingrids Snoezelenraum geschlichen und hatte sich in einen Sitzsack gelegt. Den Wasser-Kräuselungs-Projektor für die Lichteffekte hatte er nicht eingeschaltet. Er wusste, er würde später am Tag die Wellen der Außenalster in Natura sehen.

Pünktlich um 17:00 Uhr stand er auf der Schwanenwikbrücke. Es war bereits dunkel geworden.

Die Lichter der Kandelaber brachen sich in den
Nebeltropfen. Feuchtigkeit zog in die Knochen.
Oke hielt mit einer Hand den Bolzenschneider.
Die andere wärmte er in seiner Manteltasche. Von
Betty war nichts zu sehen.

Wird sie kommen?

Er ging hinüber zu seinem und Ingrids Schloss.
„Ach, Ingrid! Was soll ich tun?"

„Das fragst du, Mann? Du stehst da mit einem
Bolzenschneider. Mach es oder lass es!"
Erschrocken fuhr Oke herum. Ein Mann war an
ihm vorbeigejoggt und hatte abwehrend die Hand
hochgerissen. „Trau dich, Mann!", rief er, bevor
ihn der Dunst verschluckte.

„Oke?" Sie stand plötzlich hinter ihm. „Meins
hängt ein Stück weiter vorne. Haben Sie es schon
gesucht?"

„Fast", sagte er, „schön, Sie zu sehen, Betty. Wie
geht es Ihnen heute? Sollen wir es angehen?"
Sie nickte. „Schluss! Aus! Ende!" Sie holte tief
Luft, schritt vor und zeigte auf ein prunkvolles
Exemplar in Herzform, das trotz diffusem Licht
rot leuchtete. „Das ist es. Bettina und Freerk."
„Soll ich? Oder wollen Sie?"

„Das mache ich." Sie übernahm den Bolzenschneider, der unter dem Gewicht nach unten sackte. „Ist der schwer!" Sie fuhr mit der Schneide vor und versuchte, den Bügel des Schlosses zu greifen. „Ich kann es nicht!", sagte sie und ließ die Arme sinken.

„Wenn für Sie ein Funke der Hoffnung besteht, lassen Sie es! Bitte! Nicht, dass Sie mich falsch verstanden haben! Ich bin der Letzte, der Ihnen vorschreiben wollte, was Sie zu tun haben. Es ist Ihre Entscheidung. Sie haben das Glück, eine zu haben."

„Ihre Frau ist tot, nicht wahr? – Das tut mir leid. Wann haben Sie sich von dem Schloss getrennt?" Sie nickte zum Geländer.

Oke senkte den Blick und schüttelte den Kopf. „Sie hat noch immer einen Platz in meinem Herzen. Irgendwann kommt bestimmt eine neue Liebe. Solange hält Ingrids Schloss die Stelle am Geländer dafür frei."

Betty fing an zu lachen. „Das soll eine Basis sein? Meinen Sie wirklich, Ihre Neue möchte sich vergleichen lassen und auf ewig daran erinnert werden, dass sie Ihrer Ingrid nie das Wasser reichen wird?"

Oke schaute Betty an. Dann blickte er zu seinem Schloss und durch die Stäbe hindurch wieder auf die Wellen der Außenalster. Er wandte sich zu ihr und nahm den Bolzenschneider entgegen.

Bettina berührte seine Hand. „Ich wollte Sie nicht verletzen", sagte sie, „es ist nur so, ... Also, auf keinen Fall wird Freerks Kathleen und ihr Baby meinen Platz hier einnehmen. Womöglich feiern sie das Durchzwacken des Schlosses. Zuzutrauen wäre es ihnen." Sie holte tief Luft. „Auf keinen Fall! ICH mache den Cut! Und zwar jetzt! Sie helfen mir, oder?" Sie griff nach seiner Hand.

Oke zögerte. „Sie haben Recht!"

Er setzte für sie den Bolzenschneider an, weitete die Arme und deutete an, ihr die Griffe zu übergeben. Bettina schlüpfte unter seinem Arm hindurch. Sie übernahm das Gerät und drückte es zusammen. Sie hielt inne.

„Was ist, wenn er es sieht? Fliege ich dann etwa schon morgen aus der Wohnung raus?"

„Auch dafür finden wir eine Lösung." Oke stellte sich hinter sie und fasste ebenfalls an die Hebel des Bolzenschneiders. Er merkte, wie sie sich an ihn lehnte. Er spürte ihren Körper und, obwohl sich etwas in ihm regte, dachte er nicht an Sex.

„Wollen wir?", fragte er, „gemeinsam?"

Nachdem sie das Schloss getrennt hatten, es zu beider Bedauern ins Wasser geplumpst war, trennten sie sich.

Oke wollte auf der Schwanenwikbrücke bleiben, um nachzudenken. So hatte er gesagt.

Wenn sie wolle, würden sie sich Sonntagmittag am Gedenkstein auf der Alsterwiese treffen.

Er wäre da. Er würde Franzbrötchen mitbringen und Tee.

Vergissmeinnicht

Still ist sie, mausgrau,
eine unscheinbare Frau.
Sie beobachtet ihn jeden Morgen.
Heut´ macht sie sich Sorgen.

Der Bus kommt, rollt vor, hält an.
Wo bleibt er? Wo ist dieser Mann?

Zögernd, stockend, langsam steigt sie ein.
Der Busfahrer drängelt: „Kommen Sie
schon ´rein!"

„Aber uns fehlt ein Passagier.
Dieser Mann ist noch nicht hier."

Ausführlich beschreibt sie ihn.
„Warten Sie! Bitte!" Ihre Blicke fleh´n.

„Ach, der! Ganz gewiss, der kommt heut´
nicht mehr!
Deshalb zögern Sie? Sie mögen ihn wohl
sehr.
Der Mann war in meiner vorherigen Tour.
Kommen Sie endlich!" Er schaut auf die
Uhr.

„Dies blaue Blümchen gab er für Sie ab.
Seine Worte: *weil ich dich sehr gern
gewonnen hab´.*
Ich arbeite jetzt in einer früheren Schicht.
Bitte ... bitte vergiss mein nicht!"

Erwähnte Werke der Autorin

In der Reihe **Kröskenskisten** erschienen bereits

Band 1

Band 2

Band 3

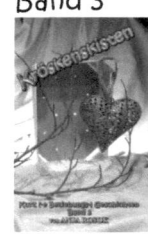

Band 5

mit meinen

Weihnachts-Kröskens für dich

Alle Beziehungsgeschichten decken
Liebschaften und **Affären** auf

und sind auch als *e-books* lesbar

Die Geschichte um **Tom Ruhn** geht weiter:

Tom Ruhn ist der Neue. Sabrin erkennt
ihn sofort. Ihre Freundin Mona hat ins
Schwarze getroffen. Bereits mit seinem
ersten Arbeitstag beginnt für Sabrin Saila
die Achterbahnfahrt der Gefühle.
Hinzukommt, dass Korowski schlüpfrige
Details fordert, mit denen er Toms ehemalige
Firma ausschalten will. Mechthild Granner
legt sich dafür mächtig ins Zeug.

Sabrin muss sich entscheiden. Wird Mona ihr eine Hilfe sein?

Weitere Romane der Autorin

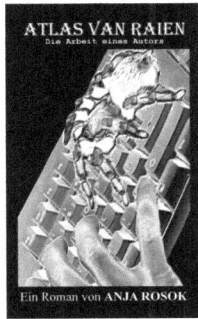

ATLAS VAN RAIEN

Erst sträubt sich der Autor, die Wette anzunehmen. Dann kann er nicht anders. Obwohl ihn seine Ehefrau zu einer Schreibpause zwingt, muss er es allen beweisen.

Wird er die Wette gewinnen?
Welche Pläne schmiedet seine Frau?

Ein fantastisch gesponnener Roman, der zahlreiche Phobien in sich bündelt, mit einer großen Portion schwarzem Humor.

Riley, eine Entscheidung fürs Leben

Joshua lebt mit seinem Vater auf Einer Farm nordöstlich von Alice Springs. Trotz seiner europäischen Wurzeln sind Nungen und Dujah seine engsten Freunde in einem fremden Land. Eines Tages findet er ein niedergestrecktes Känguru. Es schützt über den Tod hinaus das heranwachsende Leben in seinem Beutel. Vom Stammesältesten wird Joshua dieses kleine Joey zum Verzehr geschenkt.

Warum ihm diese Ehre zuteilwird, ahnt er nicht.

Eine bewegende Reise durch das rote Zentrum Australiens mit all seinen Schwierigkeiten, Gefahren, Mythen und Emotionen.

auch als *e-books* lesbar

Der Jugendroman

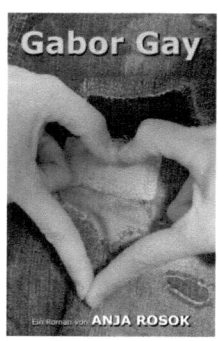

„Hier ´rüber! Flanke! Gib ab!"
Der Morgen beginnt fair –
bis diese blöde Bemerkung fällt
… und dann die Sache unter
dem Torbogen.

Mit wem kann er darüber reden?
Warum weiß seine Schwester davon?
Was weiß sie genau?

Je mehr Gabor darüber
nachgrübelt, desto mehr
verstrickt sich sein Umfeld.

Was ist, wenn man anders ist, als andere meinen?

Eldemirs magische Weihnachtsbäume

An Eldemirs Stand für magische
Weihnachtsbäume dürfen Kinder
ihren Baum aussuchen.

Was passiert, wenn Erwachsene
meinen, es besser zu wissen?

*Eine zauberhafte <u>Adventskalender</u> –
Geschichte zum Mitgestalten, fürs
tägliche (Vor-)Lesen, in* 24 Kapiteln
Für Groß und Klein

Alle Geschichten sind auch als *e-books* lesbar